SPIROU UND FANTASIO
TOME & JANRY
ABENTEUER IN NEW YORK
CARLSEN COMICS

ECHTE HELDEN

1

1

SPIROU

Der Draufgänger mit der roten Mütze begann seine Karriere als Page im Hotel »Moustic«. Doch anstatt Gästen aus aller Welt die Koffer nachzutragen, hetzt Spirou heute lieber selbst an der Seite seines Freundes Fantasio um den Globus. Schließlich warten hinter jeder Ecke aufregende Abenteuer mit fiesen Schurken, verrückten Wissenschaftlern und spaßigen Wundertieren.

FANTASIO

Bei allen Abenteuern steht Spirou sein bester Freund, der rasende Reporter Fantasio, zur Seite. Oder besser: Spirou steht ihm zur Seite. Denn oft ist es Fantasios Beruf, der die beiden in die heikelsten Situationen führt. Fantasio kann ganz schön aus der Haut fahren, was nicht selten an seiner coolen Kollegin Steffani liegt, die ihm meist eine Nasenlänge voraus ist.

2

DER GRAF VON RUMMELSDORF

Pankratius Hieronymus Ladislaus Adalbert von Rummelsdorf ist ein enger Freund von Spirou und Fantasio und ein Mann der Wissenschaften. Seine umfangreichen Kenntnisse stellt der liebenswürdige Graf stets in den Dienst der Menschheit, doch leider stürzen seine Erfindungen ihn und seine Freunde mehr als einmal in turbulente Abenteuer.

3

PIPS

Das putzige Eichhörnchen ist der treue Wegbegleiter von Spirou und Fantasio. Pips hat für jede nur erdenkliche Lebenslage einen vorwitzigen Kommentar auf Lager, und häufig gehen brenzlige Situationen für die Freunde nur deshalb gut aus, weil sie auf ihren kleinen pelzigen Gefährten mit dem untrüglichen Riecher für zwielichtige Gestalten hören.

1 Tome & Janry, © Dupuis, 2004; 2 Le Rayon Noir, Tome & Janry, © Dupuis, 1993,
3 Aventure en Australie, Tome & Janry, © Dupuis, 1985

MIX
Papier | Fördert gute Waldnutzung
FSC® C018236

VERANTWORTUNG · PRODUZIERT MIT

CARLSEN COMICS NEWS
Jeden Monat neu per E-Mail!
carlsencomics.de
carlsen.de

Aus dem Französischen von Peter Müller
SPIROU À NEW YORK

Redaktion: Michael Groenewald
Textbeiträge: Volker Hamann
Textbearbeitung: Hartmut Klotzbücher
Lettering: Marianne Nuß
Covergestaltung: Peter Mrozek
Herstellung: Gunta Lauck
Litho: Die Litho, Hamburg

ISBN 978-3-551-77237-4
Printed in Germany

NEW YORK! Wenn es auf Erden einen Platz gibt, wo die Hoffnung auf Glück nicht nur ein schales Wort ist ... dann ist es diese Stadt. Viele Millionen Einwanderer sind im Laufe der Jahre hier angekommen ...
TUUUUUT
... und alle hatten sie das eine im Sinn ...
Das Paradies!
Die Chance, reich zu werden!
Pizzas ... Hier gibt es Millionen von Pizza-Käufern!
... DEN AMERIKANISCHEN TRAUM! Das Glück, so heißt es, ist hier näher als anderswo. Dennoch passiert oft Folgendes ...
ICH BIN RUINIERT! Es ist furchtbar! James ... JAMES!
Ja, Sir ...?
Ich habe mich an der Börse verspekuliert! Bringen Sie mir meinen Revolver!
Tut mir leid, Sir! Der wurde schon gepfändet ... wie alles andere!
Ich habe soeben erfahren, dass meine bescheidenen Ersparnisse, die ich an der Börse anlegte, mir ein kleines Vermögen beschert haben! Ich könnte Ihnen einen guten Vorschlag machen, Sir!
James, Sie sind mein Retter!
PUFF
Später ...
Howard! Ich bin ruiniert! Bringen Sie mir meinen Revolver!
FINANCIAL NEWS
Der wurde bereits gepfändet, Sir! Aber mit meinen bescheidenen Ersparnissen habe ich ...
... diesen Revolver erworben, den ich Ihnen gern überlasse, Sir!
Ähem ... Howard, Sie sind meine Rettung!
Ja, das Schicksal geht oft seltsame Wege! Gerade in New York. Manchmal gewinnt man, manchmal verliert man ...
PANG

Bei allem Wissen, bei allen Erfahrungen ... ein gewisses Quäntchen Glück gehört immer dazu.
Nehmen wir zum Beispiel dieses stolze Bauwerk ...
... es ist die New Yorker Börse. Je nach Laune des Marktes kommen und gehen hier die Millionen. Nirgendwo sonst lässt sich der Geschäftssinn der New Yorker besser beobachten ...
Wer früh aufsteht und dem Glück auf den Fersen bleibt, wird schnell Erfolg ernten ...
NEW YORKER BÖRSE
EINGANG
Um 8.25 Uhr, kurz vor der Öffnung ...
NGANG
CHANG GLÜCKSBRINGER
Was darf's denn heute sein, Mister Peyo?
Zwei Hasenpfoten zu 7 Dollar und zwei Hufeisen! Die Schlumpf-Aktien wackeln!
Bitte je zehn für mich!
EINGANG
CHANG GLÜCKSBRINGER
5$
1$
Mittags ...
EINGANG
CHANG GLÜCKSBRINGER
AUSGANG
EINGANG
CHANG REVOLVER
AUSGANG
18 Uhr ... die Börse schließt ...
REVOLVER
Chang, ich bin am Ende. Der Schlumpf ist ins Bodenlose gefallen! Einen Revolver bitte ...

Selbst im Land des amerikanischen Traums geht es nicht allen gut! Manche hat das wohlwollende Schicksal glatt vergessen ...
... und über manchen breitet es irgendwann einfach nicht mehr seine schützenden Flügel aus ...
Und der da, Alfredo?
Wie die anderen, Don Cortizone: ein Unfall!
„Unfall"?
Sí! In einem Laden im Chinesenviertel! Er wollte die „Schutzgebühr" abholen! Wie üblich ...
Ein bisschen Schund kaufen, mit einem 10-Dollar-Schein zahlen und dann mit dem Inhalt der Kasse abhauen, wenn man ihm das Wechselgeld geben will ...
Armer Manolo! Er ist mit den 3 Dollar aus der Kasse abgehauen, hat also bei der Aktion 7 Dollar Miese gemacht! Und draußen warteten Chinesen ...
Ach, die Chinesen ...
Sí! Wie's bei ihnen üblich ist, haben sie ihn uns in kleinen, gebratenen Stückchen zurückgeschickt ...
Ein „Unfall"! Wie nannte man ihn noch gleich?
Manolo den Glückspilz!
... Alfredo, ich glaube, über unserer Familie liegt ein Fluch!

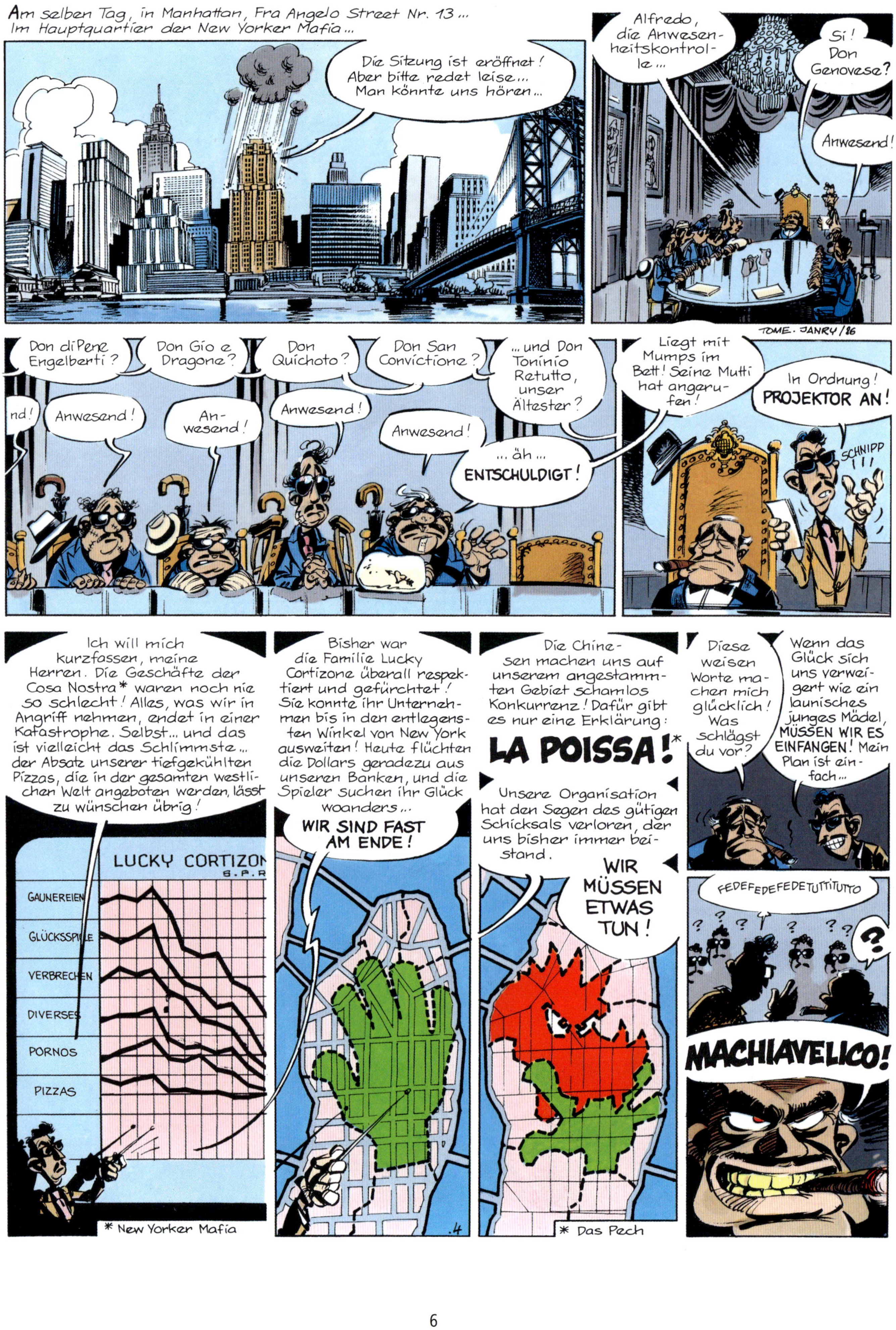
Am selben Tag, in Manhattan, Fra Angelo Street Nr. 13 ... Im Hauptquartier der New Yorker Mafia ...
Die Sitzung ist eröffnet! Aber bitte redet leise ... Man könnte uns hören ...
Alfredo, die Anwesenheitskontrolle ...
Si! Don Genovese?
Anwesend!
TOME. JANRY / 86
Don di Pene Engelberti?
nd!
Anwesend!
Don Gio e Dragone?
Anwesend!
Don Quichoto?
Anwesend!
Don San Convictione?
Anwesend!
... und Don Toninio Retutto, unser Ältester?
... äh ... ENTSCHULDIGT!
Liegt mit Mumps im Bett! Seine Mutti hat angerufen!
In Ordnung! PROJEKTOR AN!
SCHNIPP
Ich will mich kurzfassen, meine Herren. Die Geschäfte der Cosa Nostra* waren noch nie so schlecht! Alles, was wir in Angriff nehmen, endet in einer Katastrophe. Selbst ... und das ist vielleicht das Schlimmste ... der Absatz unserer tiefgekühlten Pizzas, die in der gesamten westlichen Welt angeboten werden, lässt zu wünschen übrig!
LUCKY CORTIZON
GAUNEREIEN
GLÜCKSSPIELE
VERBRECHEN
DIVERSES
PORNOS
PIZZAS
* New Yorker Mafia
Bisher war die Familie Lucky Cortizone überall respektiert und gefürchtet! Sie konnte ihr Unternehmen bis in den entlegensten Winkel von New York ausweiten! Heute flüchten die Dollars geradezu aus unseren Banken, und die Spieler suchen ihr Glück woanders ...
WIR SIND FAST AM ENDE!
Die Chinesen machen uns auf unserem angestammten Gebiet schamlos Konkurrenz! Dafür gibt es nur eine Erklärung:
LA POISSA!*
Unsere Organisation hat den Segen des gütigen Schicksals verloren, der uns bisher immer beistand.
WIR MÜSSEN ETWAS TUN!
* Das Pech
Diese weisen Worte machen mich glücklich! Was schlägst du vor?
Wenn das Glück sich uns verweigert wie ein launisches junges Mädel, MÜSSEN WIR ES EINFANGEN! Mein Plan ist einfach ...
FEDEFEDEFEDETUTTITUTTO
?
MACHIAVELICO!

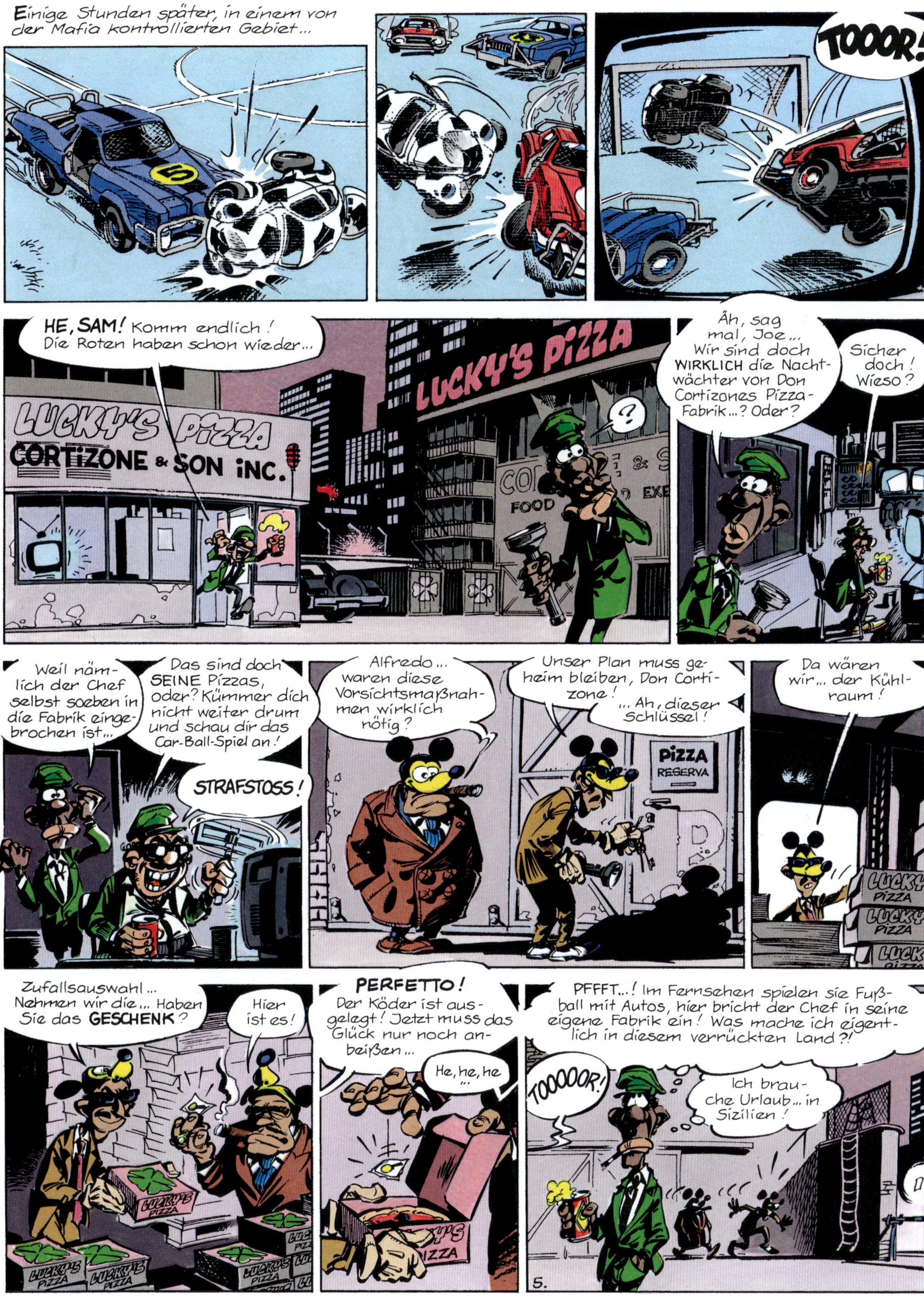

Einige Stunden später, in einem von der Mafia kontrollierten Gebiet...
TOOOR!
HE, SAM! Komm endlich! Die Roten haben schon wieder...
LUCKY'S PIZZA
LUCKY'S PIZZA
CORTIZONE & SON INC.
?
FOOD
Äh, sag mal, Joe... Wir sind doch WIRKLICH die Nachtwächter von Don Cortizones Pizza-Fabrik...? Oder?
Sicher doch! Wieso?
Weil nämlich der Chef selbst soeben in die Fabrik eingebrochen ist...
Das sind doch SEINE Pizzas, oder? Kümmer dich nicht weiter drum und schau dir das Car-Ball-Spiel an!
STRAFSTOSS!
Alfredo... waren diese Vorsichtsmaßnahmen wirklich nötig?
Unser Plan muss geheim bleiben, Don Cortizone!
... Ah, dieser Schlüssel!
PIZZA RESERVA
Da wären wir... der Kühlraum!
Zufallsauswahl... Nehmen wir die... Haben Sie das GESCHENK?
Hier ist es!
PERFETTO! Der Köder ist ausgelegt! Jetzt muss das Glück nur noch anbeißen...
He, he, he...
PFFFT...! Im Fernsehen spielen sie Fußball mit Autos, hier bricht der Chef in seine eigene Fabrik ein! Was mache ich eigentlich in diesem verrückten Land?!
TOOOOOR!
Ich brauche Urlaub... in Sizilien!

So viel zur Vorgeschichte!
Verlassen wir nun ZUNÄCHST EINMAL New York, um – mittlerweile sind ein paar Wochen vergangen – zu sehen, was unsere Helden SPIROU UND FANTASIO so machen ...
Der Frühling hat Einzug gehalten ... Alles ist ruhig ... aber das soll sich bald ändern!
AAARRRGNNN... SO EIN MIST!
WAS IST DENN? Streiken die Übersetzer? Ist Sachse krank?
Schlimmer! Der Kühlschrank ist leer ...
Na und? Wir haben doch seit drei Tagen ohnehin nur Reis mit Mayonnaise gegessen ...
Immer noch besser als nichts!
WIR SIND VÖLLIG PLEITE! Selbst wenn unser Honorar endlich kommt, können wir damit kaum unsere Schulden bezahlen ...
Hier! Friss Rechnungen, wenn du Hunger hast!
Momentchen! Vielleicht haben wir doch noch Geld ...
... in der Schmutzwäsche! Manchmal vergesse ich Kleingeld in der Tasche ...
Genau! Das hat uns schon einmal eine Waschtrommel gekostet ...
In Polstern steckt immer Geld! Das ist ein Naturgesetz!
Da! Ich wusste es!

Ein U-Bahn-Fahrschein, eine Kinokarte, fünf kenianische Cent ... und ein bisschen Kleingeld!
... Das alte Käsebrot vergessen wir besser!
Hoffentlich ist noch genug Benzin im Tank, damit ich es zu einem Laden schaffe, dessen Besitzer uns noch nicht kennt!
DRIIING DRIIING
... Telefon! Sicher einer, der Geld will!
DING! Hier spricht der automatische Anrufbeantworter! Hinterlas...
Fantasio! Gott sei Dank!
Äh ... wer spricht denn da?
Theo Turbo vom Flitzer-Journal! Ich bräuchte 'nen guten Reporter! New York, wär das nichts für dich?
Ausgerechnet dieser miese Theo Turbo!
New York, sagst du?
Wir berichten über das Finale im Car-Ball ... wo mit Autos Fußball gespielt wird ...
Hm ... schade! Hab zu viel zu tun ... Frag doch Steffani!
... wie letztes Mal!
Tu mir das nicht an! Sie ist im Urlaub ... und ... äh ... außerdem ...
... schreibst du viel besser als sie ... äh ...
Sorry! Ich melde mich, falls ich's mir anders überlege!
Dieser miese Knochen glaubt wohl, alles sei vergessen ... Nicht mit mir!
PRÖÖT!
Ah, das Essen ...
Hier, mein Alter! Tiefgekühlte Ami-Kost, aber besser als nichts!
Schmeckt aber bestimmt nach nichts!
PIZZA
LUCKY'S PIZZA
Lucky's Pizza! „Die Pizza der Glückspilze"! Die investieren wohl mehr Geld in die Werbung als in die Pizza ...
Wie gut, dass man uns noch nicht das Gas gesperrt hat!

... Wer hat angerufen?
Ach, eine Anfrage vom Flitzer-Journal... Reise nach New York... hab abgelehnt!
Sabbel nicht! Füll auf!
WAS?! DU MACHST WOHL WITZE?! Wir brauchen doch Geld!
ACH, DIESER GEIZHALS! Der würde uns nach New York schwimmen lassen, um Kosten zu sparen!
Ich träume wohl!
Dieser Ignorant! Beim Großen Preis von São Paulo hat er mich im letzten Moment gegen Steffani ausgetauscht...
... nur weil Eierton Penna Blondinen bevorzugt!
SCHMATZ!
Seitdem steht mir der Kerl bis hier!
GARGLUÖRKS
RRRA... ARLLG DGLAARR
FANTASIO! Herr im Himmel! Was...
PAF PAF PAF PAF
RÖÖH! RAAHRGL!
POFF
TRÖÖRKS
Entschuldige bitte... aber das war die einzige Möglichkeit, um...
Woran hast du dich eigentlich verschluckt...?
... EIN SCHLÜSSEL?!

Und …?
Du wirst lachen …
Sieht aus wie ein Schließfach-Schlüssel … mit der Einprägung „Lucky's Bank“ … „New York“ … und einer Nummer …
LUCKY'S BANK NEW YORK 13 13
Wo ist die Schachtel?
„Diese Pizza beschert Ihnen vielleicht die Chance Ihres Lebens! Schnell aufmachen und anrufen!“
„Die Chance Ihres Lebens? Fast wäre ich erstickt daran!
Ach komm! Versuchen wir's! Was haben wir zu verlieren?
Mit der Zeitverschiebung ist es in New York … Das geht!
Hallo …? Ich hätte gern eine Nummer in New York …
… Ja, als R-Gespräch!
… YES? NO! WHAT?
?
Was ist? Wie sieht's aus?
EINE MILLION IN BAR! Für den Gewinner! Eine Million Dollar in einem Schließfach in New York!
… Die Kopfschmerztabletten! Wo sind die Tranquilizer?!
Währenddessen in New York …
HAT GEKLAPPT! … und du meinst, wir sollen wirklich zahlen …?
AUF JEDEN FALL, Don Cortizone! Das Schicksal beschupst man nicht!
Signora, tun Sie das in den Tresor!
LUCKY'S BANK LTD. NEW YORK
Flitzer-Journal, guten Tag …?!
Spirou und Fantasio, Reporter! Sagen Sie Ihrem Chef, das mit New York geht in Ordnung! Unter einer Bedingung: Wir brauchen zwei Flugtickets und einen Vorschuss! Alles klar?
Klar! Jetzt geht der Ärger wieder los!

Keine 48 Stunden später verlassen Spirou und Fantasio mit den Tickets des Flitzer-Journals Europa und landen vor den Toren Manhattans, auf dem Kennedy-Airport in New York ...
Pips! Lass das!
NEW YORK
U$A
In der Ankunftshalle des Flughafens ...
Die „Pizza-Gewinner" aus Europa müssen in der nächsten Maschine sitzen ...
ARRIVAL
Sei wachsam, Aldo! Vielleicht hat die Chinesenbande Wind von unserem Plan bekommen ...
... Sollte mich wundern! Ich bin Ihre rechte Hand und weiß immer noch nicht, was Sie eigentlich vorhaben!
EXIT 26
PARIS
Und die rechte Hand der Mafia ist doch nicht blöder als so ein Chinese!
AIRLINES
TRANS

PFFFT! Endlich da! ... Mit der Zeitverschiebung wird das noch ein langer Tag!
Das Car-Ball-Endspiel ist erst in zwei Tagen! Da können wir vorher noch gut ausspannen!
C
C-44
... Und unsere Millionen einsacken! Ha, ha... ich kann's noch immer nicht glauben!
Wir werden sehen!
PASSPORT, please!
CONTRO
DOUAN
CUSTON
HEY, what's THIS!?
?
CUSTO
Unser Eichhörnchen Pips... Geimpft und nicht bissig!
Sorry, für die Einfuhr von Tieren gibt es Bestimmungen! Füllen Sie diese Formulare aus!
CUSTOMS
Aber wir...
Sie sind Reporter, yeah?
Worüber wollen Sie berichten? Haben Sie jemanden, der Sie in New York unterstützt? Eine Kontaktadresse?
Äh... na ja... wir sind außerdem hier, um eine kleine Sache mit „Lucky's Bank" zu regeln... aber...
ZOLL
„LUCKY'S BANK" ...?! DIE BANK VON DON LUCKY CORTIZONE ?!
Ach so! Ha, ha, ha! In diesem Land schätzt man Leute, die das Risiko lieben! Viel Glück! Ihr könnt passieren!
Seltsamer Sinneswandel...
Tja... die Firma Cortizone scheint wirklich einen guten Ruf zu haben!
Na, das riecht doch nach Ärger!
Mister Spiroufantasio?
LUCKY'S PIZZA
?
?
11

Äh… Fantasio UND Spirou, Reporter! Wir sind ein Team!
Erfreut, Sie kennenzulernen. Alfredo von „Lucky's Pizza" und der „Cortizone-Bank"!
Aldo, ruf ein Taxi! Das ist diskreter.
Gute Idee! Unser Auto haben sie ohnehin schon geklaut!
N.Y. TAXIS
Man braucht schon einiges, um den Hauptgewinn zu bekommen! Glückwunsch!
Ach, ist ja nicht unser Verdienst… war einfach Glück!
Komisch! Vom Flugzeug aus war der Himmel völlig wolkenlos!
Oh nein, Mister! Glück hat man, oder man hat es nicht! Es ist Voraussetzung für viele Unternehmungen!
…Ach ja…?
Wer von Ihnen ist denn der wahre Glückspilz? Der, der den Schlüssel gefunden hat…?
TOME-JANRY.
Das bin ich! Ich hatte ihn verschluckt… kann froh sein, dass ich noch am Leben bin! Sozusagen doppeltes Glück…
Das denke ich auch! Da sind wir…
Der Rest ist für Sie!
Äh, Mister Fantasio… haben Sie jemandem von der Sache erzählt?
Nein… außer Spirou natürlich! Warum?
Nur so… zur Sicherheit! Glück wirkt oft anziehend auf Neider und dunkle Gestalten… aber davon später mehr!
12.

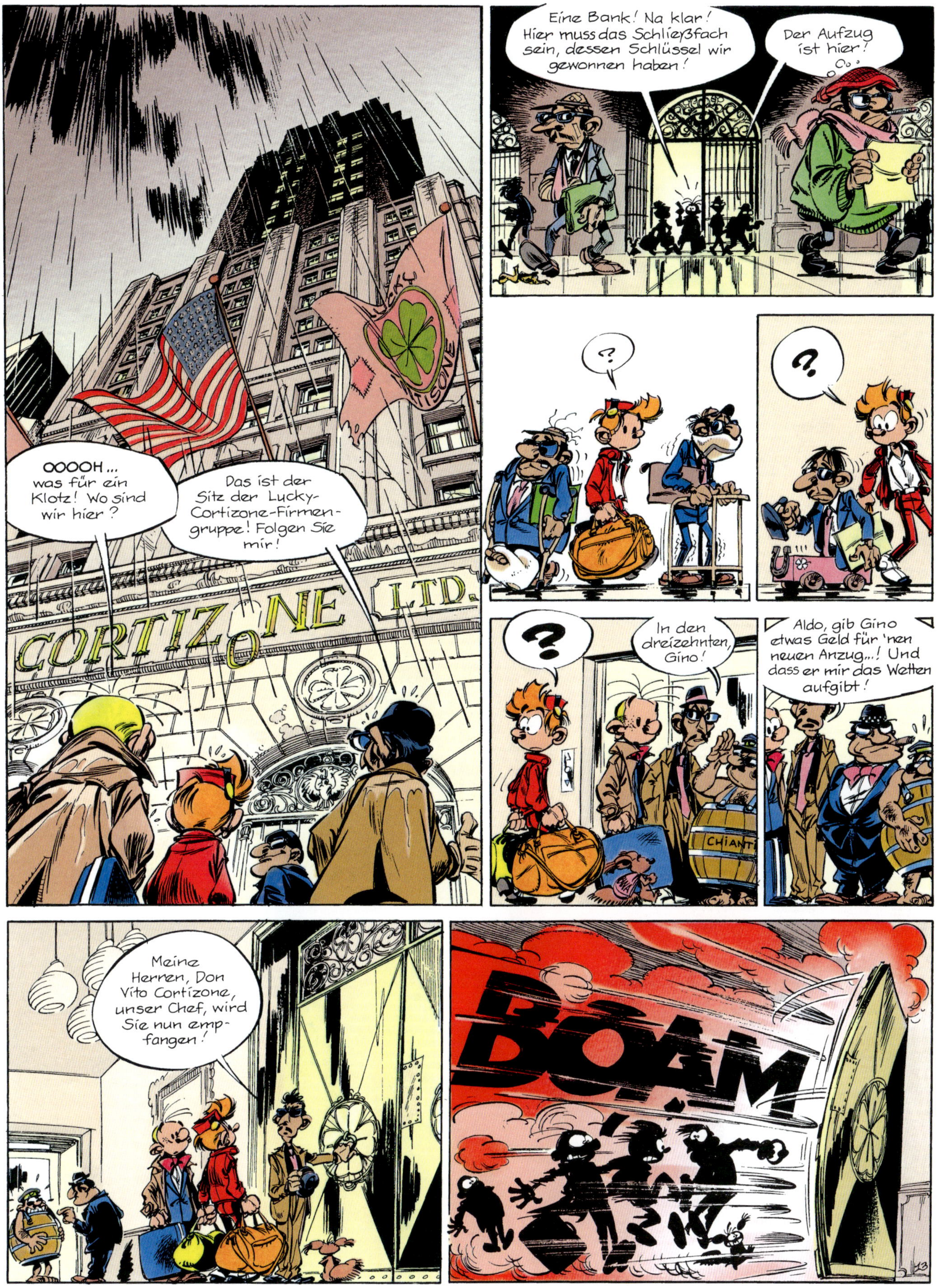
OOOOH ... was für ein Klotz! Wo sind wir hier?
Das ist der Sitz der Lucky-Cortizone-Firmengruppe! Folgen Sie mir!
CORTIZONE LTD.
Eine Bank! Na klar! Hier muss das Schließfach sein, dessen Schlüssel wir gewonnen haben!
Der Aufzug ist hier!
?
?
?
In den dreizehnten, Gino!
Aldo, gib Gino etwas Geld für 'nen neuen Anzug...! Und dass er mir das Wetten aufgibt!
CHIANTI
Meine Herren, Don Vito Cortizone, unser Chef, wird Sie nun empfangen!
BOAM
13

EIN ATTENTAT! Schon das achte in diesem Monat!
DON CORTIZONE!
Madonna mia, Sie leben!
Es war die Zigarrenkiste, wie letztes Mal! Wieder diese Chinesen!
Wechseln Sie die Marke!
Wer sind diese beiden Komiker?
Die beiden „Glückspilze" aus Europa! Sie wissen noch nichts!
Wir wollen die Million abholen! Sie wissen, diese Tombola...
Aber es hat keine Eile! Warten wir, bis das Räumkommando da war...
Erklär's ihnen, Alfredo! War schließlich deine Idee...
?
?
Hm... also...
Früher lief unser Geschäft immer bombig, aber in letzter Zeit lastet auf uns EIN FLUCH! Die Geschäfte gehen lausig, die Konkurrenz macht sich mausig...
Die Chinesen, nehme ich an...?
Sie lernen schnell! Um unser chronisches Unglück abzuwenden, brauchen wir jemanden, DER BESONDERS VIEL GLÜCK HAT...
... wie den Gewinner einer Pizza-Lotterie!
Genau! Erlauben Sie...?
Die Million gehört euch, Jungs... Natürlich nur, wenn ihr uns bei einigen Aktionen gegen unsere Feinde, die Chinesen, unterstützt... IHR SEID SOZUSAGEN UNSERE GLÜCKSBRINGER...
Wenn wir unseren Einsatz zehnmal wieder rausgeholt haben, seid ihr frei... und STINKREICH!
Äh, noch etwas...
Unser Unternehmen ist besser bekannt unter dem Namen „Cosa Nostra" oder auch „Mafia", wenn euch das lieber ist!
14

SHOTT
?
KOMM, FANTASIO! Man macht sich über uns lustig!
Äh...
WARTET DOCH! Über den Preis lässt sich noch reden... Rauchen wir eine und verhandeln!
SIND SIE TAUB?! Wir gehen! Ich rauche nur Pfeife, und die tausch ich nicht gegen Ihre Knallzigarren...! NICHT MAL FÜR HUNDERT MILLIONEN!!
...Soll das Nein heißen?
Genau das, du Fettsack!
Das... DAS WERDET IHR BEREUEN! Über die Mafia macht man sich nicht lustig! Und... über die Chinesen schon gar nicht! Und die werden wissen, dass wir euch gerufen haben! Die sind überall!
SELBST BEI DER POLIZEI!
Die haben nicht nur Glück, fondern auch Charakter! Daf ift Pech!
IDIOT! Hol die Glücksbringer zurück... oder du landest als Nächster in kleinen Päckchen AUF DEM FRIEDHOF!
Sí, sí, Chef!
HUMPF!!! Estupido!
KRITZEL KRITZEL KRITZEL SKRITSCH SKRIT SKRITSCH KRITZ KRITZEL KRIT
monday 2
Geburtstag Tante Ornella
Nicht vergessen: Zigarrenhändler liquidieren lassen!
Spaghetti 3 Kg
DRING!
?
HALLO?
Ist da der ehrenwerte Don Cortizone?
Ich hoffe, meine Zigarren sind Ihnen bekommen? Ach, und, äh... was die beiden „Spezialisten" angeht, die Sie da angeheuert haben... die Armen... Hi, hi, hi, hi!

Der... DER MANDARIN! Höchstpersönlich!
Wie Sie sehen, ENTGEHT MIR NICHTS, Don Cortizone ...
AUCH NICHT DIESE BEIDEN HERREN, die Sie auf mich ansetzen wollen!
ZIPP
UND AUCH SIE NICHT! Auf Sie kommt noch einiges zu! Hi, hi, hi!
AUA!
MALEDICTIONE!
Und während du drauf wartest, dass wir all deine kleinen Geschäfte übernehmen ...
... kannst du noch einen Blick aus dem Fenster werfen, um deinen Freunden Lebewohl zu sagen! MEIN BEILEID, Don Cortizone! HI, HI, HI!
Madonna! Ich muss die beiden „Glückspilze" war...
HALT!
... EBEN GERADE NICHT!
... So sehe ich viel besser, ob sie WIRKLICH Glückskinder sind!
G☆!! Und immer dieser verd... Regen!
Die haben uns sauber reingelegt! Und ich hab mich schon aufs süße Leben als Millionär gefreut!
Und ich erst... Nüsse ohne Ende... Ach, was soll's ...
Egal... wir haben immer noch die Reportage!
TAXI!
16.
SKY CLIMBER
?

TAXI! NACH KATMANDU ODER SONST WOHIN... NUR SCHNELL!
?
(*)
(*) Feuer frei!
TAKATAKATAK
UM HIMMELS WILLEN, FAHREN SIE!!
Der Mo... der Momo... der Momo...
HOKETA
GNI GNI GNI
...tor!
(*)
(*) Feuer einstellen!
224-YXZ
NEW-YORK
Ich glaub, das Unwetter hat sich gelegt...
?
Madonna mia! Was ist ...

VROOOOAAAA
SKY CLIMBER
CHANG
IMPORT-EXPORT
GLÜCKSBRINGER
REVOLVER
Für alles gerüstet!
PSCHITT
SKY CLIMBER
CHANG
?
Los jetzt, Feng! Der Weise sagt: Was ist ein schönes Fest ohne Lychees zum Dessert?
Sicher...
...eine überreife Ananas!
ROLL ROLL
Aber die Zeiten ändern sich! Zum Dessert servieren wir diesmal...
ROLL ROLL?
PSCHITT

?
KRRR...
Die Chinesen...! Das waren die Chinesen!
MADONNA! Sie leben noch! Ha, ha, ha!
Machiavelico!
Die... Die wollten uns umbringen!
Sie merken aber auch alles...
ZU VERKAUFEN
19
A... Aber... WIR MÜSSEN DIE POLIZEI RUFEN... ODER DIE ARMEE!
Man merkt, dass Sie noch neu hier sind...
ZU VERKÄUFEN 2 SITZPLÄTZE + KLIMAANLAGE (ERST KÜRZLICH EINGEBAUT)
Sie glauben doch nicht, dass sich die Bullen einmischen, wenn hier ein Bandenkrieg tobt?!
WAS? DAS WERDEN WIR JA SEHEN!

POLICEMAN! Ich will Anzeige erstatten! Bin nämlich von einer Horde Banditen angefallen worden! Es waren ...
?
?
... Asiaten ... mit gelber Hautfar...
?
Mit gelber Hautfarbe ... Sie meinen wohl Chinesen, Sir ...
GRRR ...
Sitz, Tschang!
Komm, Fantasio, wir haben genug Zeit verplempert! Weg hier!
Da vorn ist 'ne U-Bahn!
Pips ... PIPS ... ?!?!
PIPS! Los, komm aus deinem Versteck!
Da stimmt doch was nicht ... Wo kann er denn nur ...
Ich ... hab ... alles gesehen ...
Ich glaube, dass ...
Ich hab auch alles gesehen!
Dem Himmel sei Dank, dass ihr gerettet seid, meine teuren Freunde! Aber ... das arme Tierchen ...
SCHNÜFF ... elende Chinesen!
Wo ist Pips?
Eure Angreifer haben ihn entführt! Er hatte nicht euer Glück ... Ach, maldito!
Worauf wollen Sie hinaus, Sie elender ...
Ich wusste doch, dass wir uns verstehen! Gemeinsam werden wir's diesen dreckigen Chinks zeigen!
Ruhig Blut, Aldo!
20

Zur selben Zeit, keine Maschinengewehrsalve entfernt, im Herzen des New Yorker Chinesenviertels ...

Das arme kleine Eichhörnchen! Ihr glaubt gar nicht, wie ich euren Kummer nachfühlen kann! Ich hatte einen wunderbaren Wachhund... und eines Morgens fand ich seinen Platz so leer vor wie das Hirn von Aldo!
ONE WAY
PIZZA
DON CORTIZONE
Home made Ravioli
FABIO PIZZ
Mein armer kleiner Rantanplan! Die Männer des Mandarins hatten ihn gekidnappt! Ihr könnt euch nicht vorstellen, was diese Barbaren alles essen! Schnüff!
Reißen Sie sich zusammen! Wer ist dieser „Mandarin“?
Niemand hat je sein Gesicht gesehen! Und alle meine Leute, die ihm zu nahe kamen, wurden mir in kleinen Hundert-Gramm-Päckchen zurückgeschickt!
Er hat uns verflucht!
Wir wissen, wo er steckt! Es würde ja reichen, wenn ihr meine Leute dorthin begleitet und ihnen als Glücksbringer dient! Wenn man erst mal da ist...
Ihr holt euch euren Pips zurück und bekommt die Million Dollar, während wir etwas mit den Chinesen „plaudern“...
Bei eurem Glück habt ihr das Geld sicher! Ihr KÖNNT gar nicht nein sagen!
TICK TACK TICK...
WIR UND GLÜCK ?!
Seit unserer Ankunft hatten wir doch nichts als Ärger!
Ihr seid den Chinesen entkommen... das ist ein seltenes Glück!
Aber lasst uns erst mal was essen!
GINO!! Wo bleibt die Pizza?
Nur noch die Oliven, Don Cortizone!

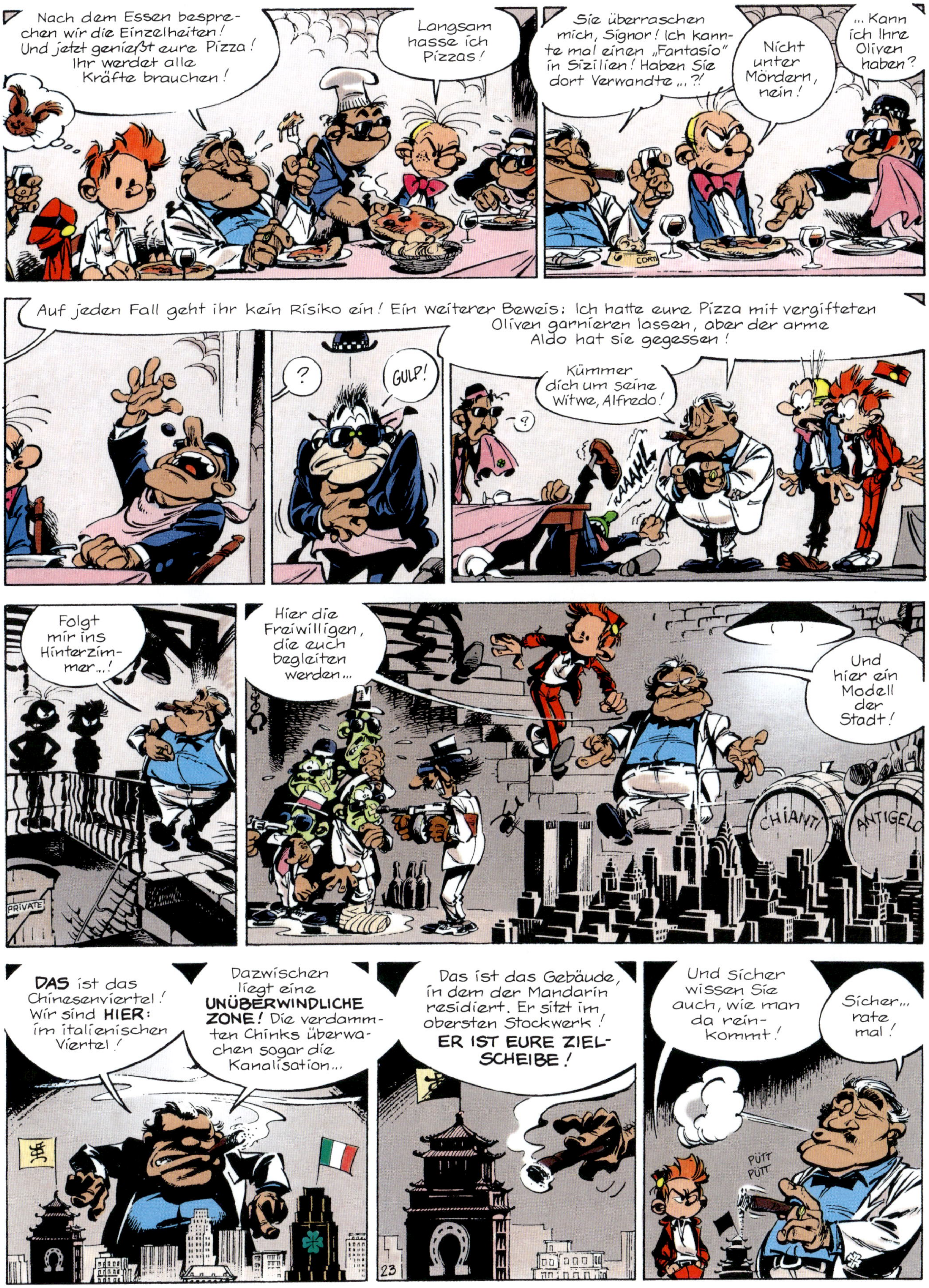
Nach dem Essen besprechen wir die Einzelheiten! Und jetzt genießt eure Pizza! Ihr werdet alle Kräfte brauchen!
Langsam hasse ich Pizzas!
Sie überraschen mich, Signor! Ich kannte mal einen „Fantasio" in Sizilien! Haben Sie dort Verwandte ...?!
Nicht unter Mördern, nein!
... Kann ich Ihre Oliven haben?
CORTI
Auf jeden Fall geht ihr kein Risiko ein! Ein weiterer Beweis: Ich hatte eure Pizza mit vergifteten Oliven garnieren lassen, aber der arme Aldo hat sie gegessen!
?
GULP!
Kümmer dich um seine Witwe, Alfredo!
?
KRAAAHL
Folgt mir ins Hinterzimmer...!
PRIVATE
Hier die Freiwilligen, die euch begleiten werden...
Und hier ein Modell der Stadt!
CHIANTI
ANTIGELO
DAS ist das Chinesenviertel! Wir sind **HIER**: im italienischen Viertel!
Dazwischen liegt eine **UNÜBERWINDLICHE ZONE!** Die verdammten Chinks überwachen sogar die Kanalisation...
Das ist das Gebäude, in dem der Mandarin residiert. Er sitzt im obersten Stockwerk! **ER IST EURE ZIELSCHEIBE!**
Und sicher wissen Sie auch, wie man da reinkommt!
Sicher... rate mal!
PÜTT PÜTT

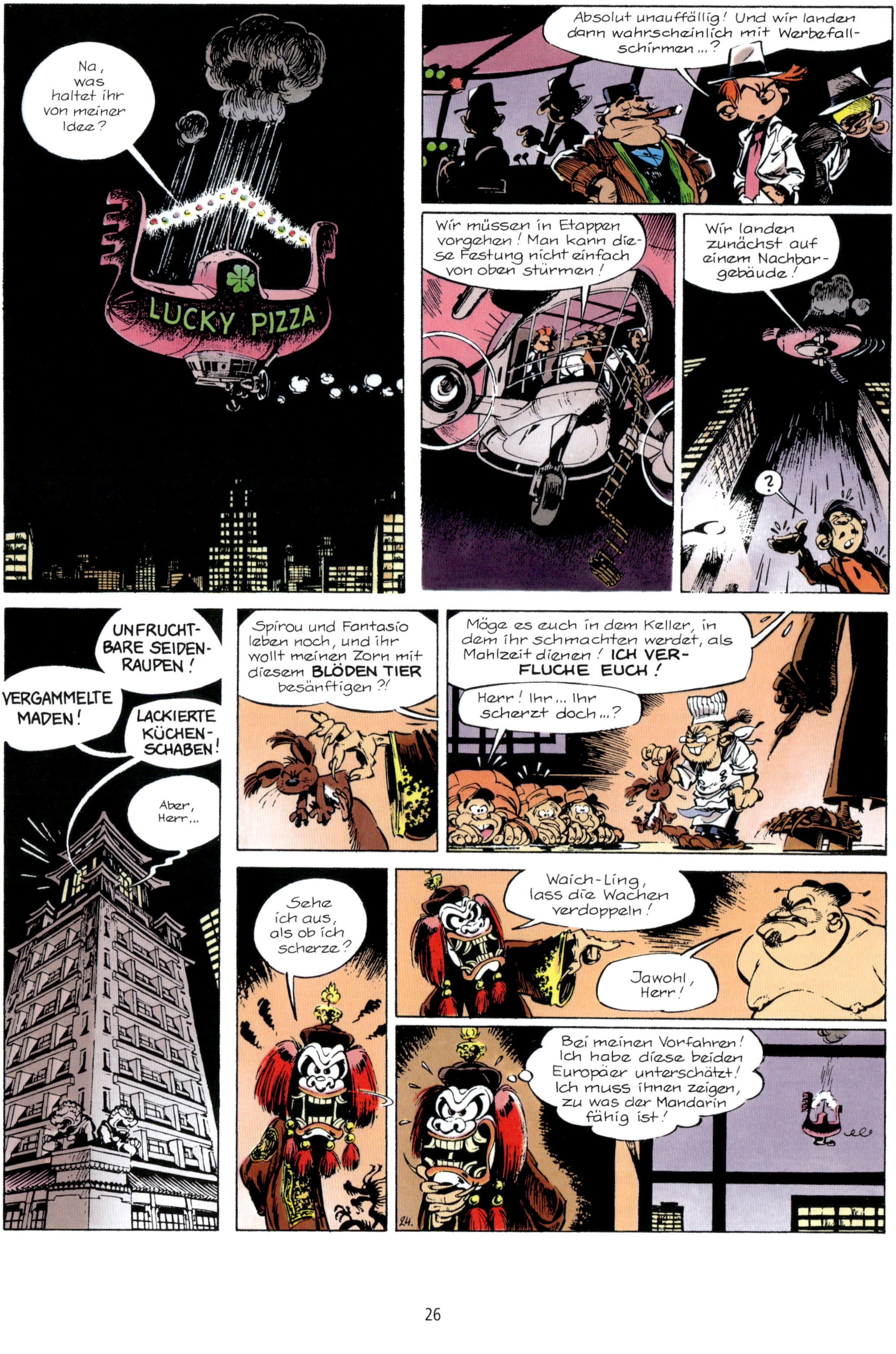
Na, was haltet ihr von meiner Idee?
LUCKY PIZZA
Absolut unauffällig! Und wir landen dann wahrscheinlich mit Werbefallschirmen ...?
Wir müssen in Etappen vorgehen! Man kann diese Festung nicht einfach von oben stürmen!
Wir landen zunächst auf einem Nachbargebäude!
?
UNFRUCHTBARE SEIDENRAUPEN!
VERGAMMELTE MADEN!
LACKIERTE KÜCHENSCHABEN!
Aber, Herr...
Spirou und Fantasio leben noch, und ihr wollt meinen Zorn mit diesem **BLÖDEN TIER** besänftigen?!
Möge es euch in dem Keller, in dem ihr schmachten werdet, als Mahlzeit dienen! **ICH VERFLUCHE EUCH!**
Herr! Ihr... Ihr scherzt doch...?
Sehe ich aus, als ob ich scherze?
Waich-Ling, lass die Wachen verdoppeln!
Jawohl, Herr!
Bei meinen Vorfahren! Ich habe diese beiden Europäer unterschätzt! Ich muss ihnen zeigen, zu was der Mandarin fähig ist!

Stoppt die Maschinen!
Warum fliegen wir nicht weiter?
Wegen der Drachen, Signor!
Die Drachen rings um das Quartier des Mandarins sind mit Sprengkörpern gesichert! Ihr ahnt, was passiert, wenn man die Schnüre berührt!
Ist ja reizend! Und was machen wir jetzt?
LUCKY PIZZA
Meine Männer machen mit dem nötigen Material den Weg frei!
Vergesst nicht die Koffer! He, he...
Nochmals viel Glück! He, he!
Wie ihr wieder rauskommt, erklärt euch Alfredo! Im Geiste werde ich bei euch sein! Mir ist schon so, als ob ihr zu unserer großen Familie gehört!
Zu viel der Ehre!
Denkt dran: „Steht auch ein Problem ins Haus, dem Don geht doch die Luft nicht aus!"
BANG
LUCKY PIZZA
PFFFFRRRLLFF
MALDITA!
25

WIIIZZZZZZ...
Langsam glaube ich wirklich, dass auf denen ein Fluch liegt...
LUCKY
Ich will Ihnen ja nicht zu nahe treten, aber wenn Sie so freundlich wären uns zu begleiten, könnten wir vielleicht noch anfangen, bevor der Morgen graut!
Von Dach zu Dach geht die aufregende Kletterpartie, und langsam nähert man sich dem Ziel...
JANRY · TOME
Währenddessen spielt sich im Hause des Mandarins Merkwürdiges ab...
Lasst mich allein! Ich muss die Weisheit unserer ehrwürdigen Vorfahren anrufen!
Wieder einmal brauche ich deine Hilfe, alter Gauner!

ZOCK
HUMPF!
HOPP!
TINK
TINK
ROOOROOLOOOOOLORO
BUNK
BROOOOOOO
BEEILUNG! ES ZIEHT!
Bist du da, Nos Tra Dami?
TÜR ZU! Bei den tausend Zehen von Savath, der großen Schlange!
27

Jedes Mal wenn die Tür aufgeht, wirbelt der Luftzug alle Fotos durcheinander!
Ich brauche dich!
Ich weiß! Aber du hast mich „alter Gauner" genannt ... das ist nicht sehr nett!
Das schwarze Feld des Verhex-Tisches ist fast voll! Viele Seelen müssen unter einem Fluch leiden, weil du so machthungrig bist!
Ich werde dich gut entlohnen! Diesmal sind es zwei!
Zwei? Wer sind sie, dass du sie so fürchtest?
Bravo! Das war ein Meisterschuss!
Das sollte halten!
Nach Ihnen, Don Cortizone!
Aber nein! Ihr seid doch meine Gäste, hum... Nur Mut!
CANTABILEEE
HOOOO
EUROPÄER! Cortizone hat sie engagiert, weil sie Glück haben!
Du weißt, ich brauche ein Foto von ihnen!
28

Meine Leute haben sie bei der Ankunft fotografiert!
Mal sehen, mal sehen...
BLÄTTER BLÄTTER
Ah, hier!
?
Vorsicht! Dir ist was auf den Verhex-Tisch geflattert!
KRR
?
KRAK
KLONK
Schnell, nimm das da runter! Das muss ein altes Foto von mir sein!
!
Ha, ha, ha! So ein Pech aber auch! Wäre das Foto auf dem hellen Feld gelandet, hättest du vielleicht im Lotto gewonnen!
Grumpf... Fang an, damit sich das Unglück endlich auf die beiden stürzt!
Hm... Wie viel zahlst du?

Zehntausend Dollar! Und nun lass das Unheil sein Werk tun!
KRR.... KR...
?
KRAK
AAAAH! DAS SEIL, ER...
Ich warne euch: Wenn nur einer von euch überlebt, gibt es auch nur das halbe Geld!
WAAAS? Viel zu wenig! Dann sollen sie lieber Glück haben!
Fünfzigtausend müssen schon rausspringen!
SCHNELL! HELFT MIR! WIR MÜSSEN IHN HOCHZIEHEN!
GELDGIERIGE LARVE! Du nutzt die Situation aus!
30

15000 DOLLAR ... oder ich lasse dich pfählen!
RUTSCH RUTSCH RUTSCH
UAAH!
ADIEEUUU!
Spirou, teurer Freund, vergiss nicht die Gasrechnung, wenn du zurück bist!
NICHTS ZU MACHEN! 45000 cash! Das ist mein letztes Wort!
Dafür bekommst du als Zugabe den zerbrochenen Spiegel mit sieben Jahren Unglücksgarantie sowie einen Antiexorzismus-Schutz!
URKS!
GRMBL ... na gut, 45000! Aber dass sie auch schön leiden ...
Das Geschäft ist gemacht! Glänzende Ewigkeit!
KRACKS
Äh ... Möchtest du eine Geschenk-Pfählung für die Europäer?
Mann, wie ich mich freue, wieder hier oben zu sein!
Frag mich mal ... Du hast schließlich die Flugtickets in der Tasche!
Gut, noch mal von vorne! Aber diesmal ziele ich auf etwas Stabileres!
31

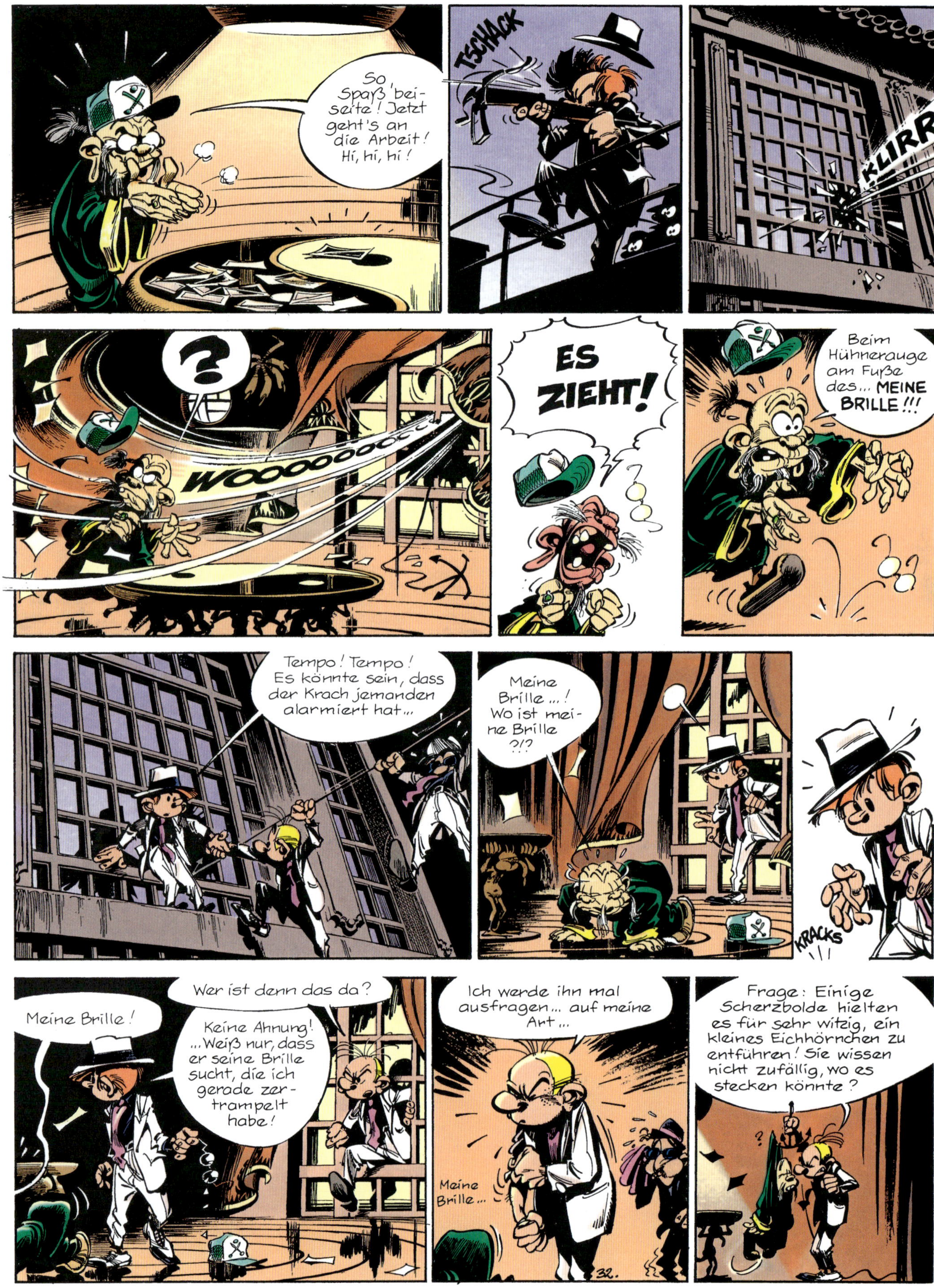

So, Spaß beiseite! Jetzt geht's an die Arbeit! Hi, hi, hi!
TSCHACK
KLIRR
?
WOOOOOOOOO
ES ZIEHT!
Beim Hühnerauge am Fuße des... MEINE BRILLE!!!
Tempo! Tempo! Es könnte sein, dass der Krach jemanden alarmiert hat...
Meine Brille...! Wo ist meine Brille ?!?
KRACKS
Meine Brille!
Wer ist denn das da?
Keine Ahnung! ...Weiß nur, dass er seine Brille sucht, die ich gerade zertrampelt habe!
Ich werde ihn mal ausfragen... auf meine Art...
Meine Brille...
Frage: Einige Scherzbolde hielten es für sehr witzig, ein kleines Eichhörnchen zu entführen! Sie wissen nicht zufällig, wo es stecken könnte?

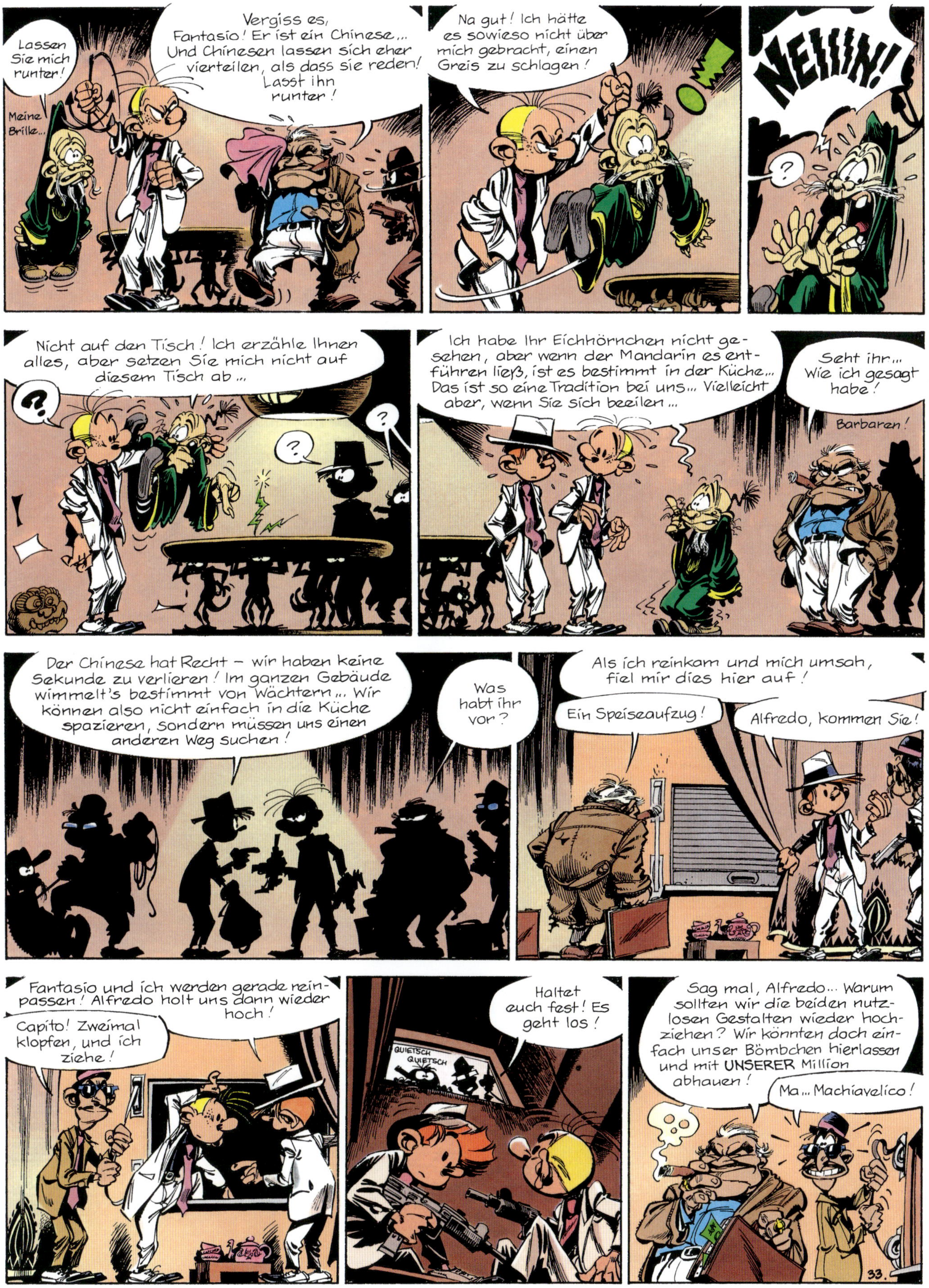

Lassen Sie mich runter!
Meine Brille...
Vergiss es, Fantasio! Er ist ein Chinese... Und Chinesen lassen sich eher vierteilen, als dass sie reden! Lasst ihn runter!
Na gut! Ich hätte es sowieso nicht über mich gebracht, einen Greis zu schlagen!
NEIIIN!
?
Nicht auf den Tisch! Ich erzähle Ihnen alles, aber setzen Sie mich nicht auf diesem Tisch ab...
?
?
?
Ich habe Ihr Eichhörnchen nicht gesehen, aber wenn der Mandarin es entführen ließ, ist es bestimmt in der Küche... Das ist so eine Tradition bei uns... Vielleicht aber, wenn Sie sich beeilen...
Seht ihr... Wie ich gesagt habe!
Barbaren!
Der Chinese hat Recht – wir haben keine Sekunde zu verlieren! Im ganzen Gebäude wimmelt's bestimmt von Wächtern... Wir können also nicht einfach in die Küche spazieren, sondern müssen uns einen anderen Weg suchen!
Was habt ihr vor?
Als ich reinkam und mich umsah, fiel mir dies hier auf!
Ein Speiseaufzug!
Alfredo, kommen Sie!
Fantasio und ich werden gerade reinpassen! Alfredo holt uns dann wieder hoch!
Capito! Zweimal klopfen, und ich ziehe!
Haltet euch fest! Es geht los!
QUIETSCH QUIETSCH
Sag mal, Alfredo... Warum sollten wir die beiden nutzlosen Gestalten wieder hochziehen? Wir könnten doch einfach unser Bömbchen hierlassen und mit UNSERER Million abhauen!
Ma... Machiavelico!
33.

AÏDJOOOOOOOO
KUP KUP KUP KUP KUP KUP KUP KUP
OSSSSS
KLATSCH KLATSCH
POCK
?
?

UAAHH!
HOLLA!
AUTSCH!
ARRGH!
QUIETSCH
QUIETSCH
?
?
BONG
!
DZING
DZANG
KLING
DZING
TRAKATAKA
KSSSS
KSSS
FSHH

PIPS! Komm in meine Arme!
VORSICHT! Die gelbe Gefahr rollt an!
Ähm...
PENG PENG
VERSCHWINDEN WIR... Hier wird's ungemütlich!
PAK
TAKATAK
PAK
PAK
ALFREDO! Es ist so weit! Zieh uns hoch!
BOM BOM
VERFLIXT, ALFREDO! NUN MACH SCHON!
BOM BOM
KRR... KRUUiii
?
CROUiii
CROUiii
CROUiii
ENDLICH! ...Keine Sekunde zu früh!
CROUii
CROUii
CROUii
CROUii
CROUii
CROU
PFFT... Ich dachte schon, Alfredo hätte uns gelinkt!
Willkommen, meine Herren! Mein Meister wird entzückt sein, endlich Ihre Bekanntschaft zu machen!
!
!

Aaah, wir haben nur noch auf euch gewartet!
Lass sie runter, Waich-Ling! Du hast gute Arbeit geleistet!
Danke, Herr!
DUNK
Dafür, dass ihr Profis seid, habt ihr mich sehr enttäuscht, Europäer! Ihr seid nicht viel besser als dieser dämliche Don Cortizone!
Sie kann man aber auch keine Minute alleine lassen, was?!?
PAF
Ich hatte wirklich mehr erwartet! Ihr seid ja noch grün hinter den Ohren! Und dann diese traurigen Gesichter...
Nun ja... Wir feiern nur einmal im Jahr Karneval!
Immer einen Spruch auf den Lippen, was? Das passt gut...
Meine Leute haben Cortizone und seinen Italienern diese beiden Koffer abgenommen... In einem ist viel Geld...
Sicher euer Honorar!
Der andere Koffer enthält eine Bombe ... DIE PER FERNZÜNDUNG AUSGELÖST WIRD!
Ihr habt 15 Sekunden Zeit, mir zu sagen, wer von euch den Auslöser hat!
DEN HABE ICH! HA, HA, HA, HAA!
37

Ich... ICH WARNE EUCH: Ein Fingerdruck, und fünf Minuten später SIEHT DER SCHUPPEN HIER AUS WIE EIN BERG GERIEBENER PARMESANKÄSE!!
Himmel! Cortizone! Beherrschen Sie sich!
SCHAKAL!
Das wagst du nicht... Das wäre auch dein Ende!
IST MIR WURSCHT!
Du hast mir alles kaputt gemacht! Jetzt kann ich mich endlich rächen...
MACHT IHN FERTIG!
NO!
NEI...
BZZZZ
BZZZ KLICK!
TICK TACK TICK TACK TICK TACK
CATASTROFE!
!
RETTE SICH, WER KANN!
GLEICH GEHT ALLES HOCH!
KOMMT ZURÜCK, IHR FEIGLINGE! REGENWÜRMER! ITALIENISCHE NUDELN!
38

Ha, ha, ha! Die Rache ist mein! In vier Minuten wird der Staub des Mandarins bis hin nach Brooklyn wehen!
Da täuschst du dich, Cortizone! DU WIRST IN DIE LUFT GEHEN!
...ICH verabschiede mich nämlich jetzt! Den Koffer mit der Bombe lasse ich dir hier! Den Geldkoffer nehme ich mit! Wo du hingehst, brauchst du ihn sowieso nicht mehr!
NEIN! Die Million! MEINE Million Dollar!
CHEF! Heilige Madonna! Lass mich nicht allein!
PFF
PFF (PF)
39

Auf Nimmer-wiedersehen, ihr blutleeren Würmer!
Sieh an!
DAS IST MEIN BALLON!
WEG! WEG! WEG!
KLICK
PSCHHHT
BOAM
FLLBLEBLEBLBELEBLBLLL
Santa Madonna! Seht nur! Die Drachen mit den Bomben ... Der Ballon explodiert! Sie werden in den Hudson River fallen!
... Wir ...
DER KOFFER! Wir müssen ihn aus dem Fenster schmeißen! Das Ticken hat schon aufgehört!

ALFREDO, NEIN! NICHT...
Aber... ABER... DAS WAR JA GAR NICHT DIE BOMBE!
Natürlich nicht!
Wir wollten's dir ja sagen, aber du warst so nervös...
Aber... der andere Koffer... ?!?
Ach, der andere...
... Der war im Ballon des Mandarins!
BAOOM
... So blöd es sich auch anhört... In dem ganzen Wirrwarr sind die Koffer vertauscht worden!
Tja, Pech, Alfredo... Immer nur Pech! Der Mandarin nimmt sein Geheimnis mit...
... CHEF!
Beruhige dich! Wir sind jetzt sicher!
Ich versteh gar nichts mehr... Es ging alles so schnell!
Wir alle sind durch diese Geschichte ganz schön durcheinander, Alfredo... Wenn ich du wäre, würde ich erst mal ein paar Jahrhunderte Urlaub in Alaska oder sonst wo machen... Auf jeden Fall ist alles vorbei!
He! Habt ihr bemerkt..? Es regnet nicht mehr... Jedenfalls kein Wasser...

Und schon bald darauf ...
DING!
Die Maschine nach Deutschland startet in wenigen Minuten! Die Passagiere werden gebeten ...
Das wär's! In ein paar Augenblicken ist dieses ganze Abenteuer nur noch eine böse Erinnerung!
SNUFFEL AIR
Komisch ... Irgendwie habe ich das Gefühl, dass wir irgendwas Wichtiges vergessen haben!
Klar ... du meinst die Million Dollar!
PASSPORT CONTROL
Einen Moment lang hab ich auch dran denken müssen! Aber, mal ehrlich ... Mit Mafia-Geld Millionär werden ...?
Das ist es nicht!
GATES 12-13-14-15-16
CONOMIC
An das Geld denk ich gar nicht mehr ... Mir ist so, als hätten wir was anderes vergessen ... was Wichtiges ...
Äh ... PIPS?! Bleib bloß in unserer Nähe, ja ...?!
AIR MAYOR
Die Fotoausrüstung ist es nicht ... Unser Gepäck haben wir auch dabei ...
Vielleicht mein Pass ...? Nein ...
Ich hab sogar die Ansichtskarte an deine Tante Julia abgeschickt!

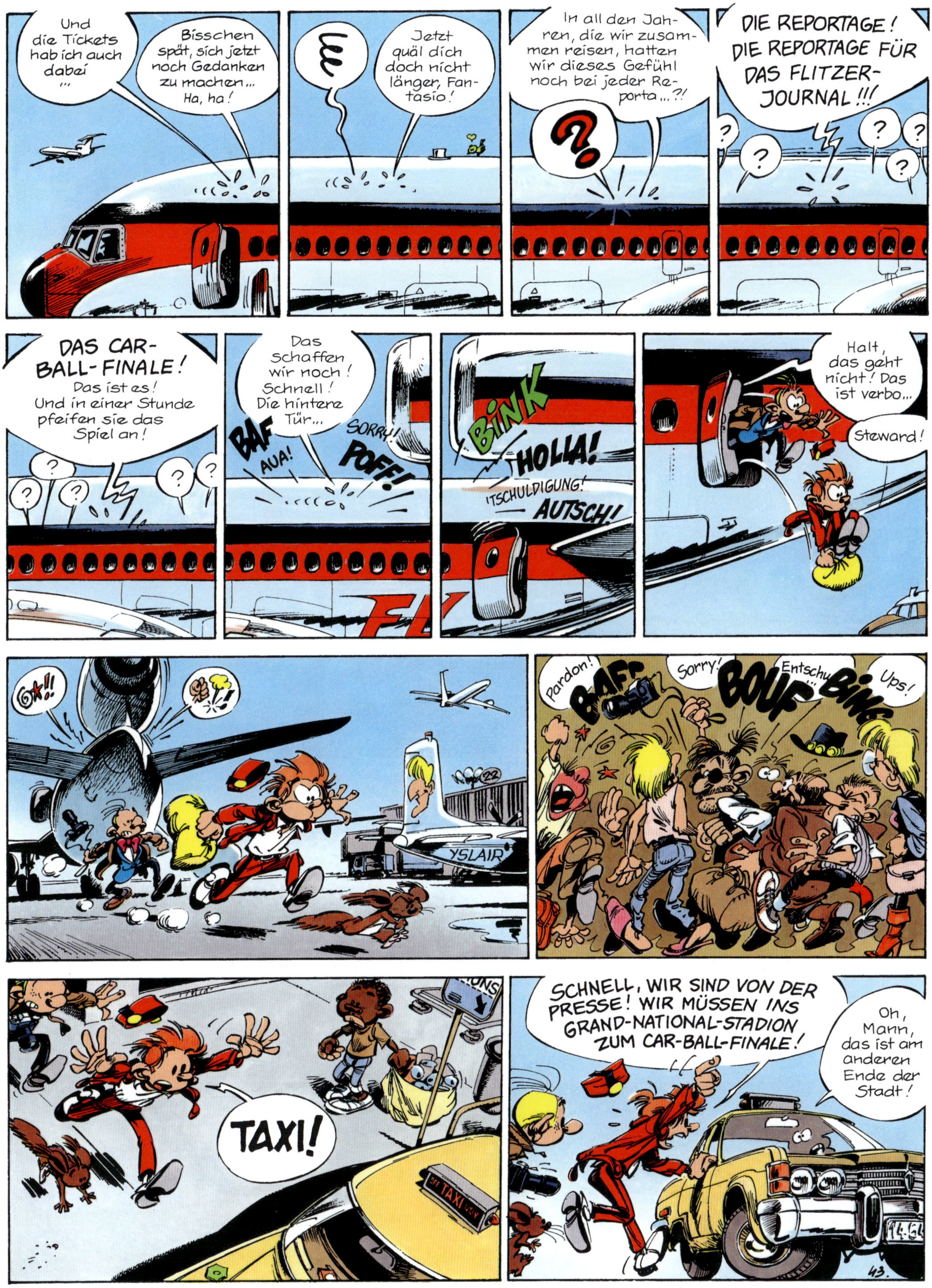
Und die Tickets hab ich auch dabei ...
Bisschen spät, sich jetzt noch Gedanken zu machen... Ha, ha!
Jetzt quäl dich doch nicht länger, Fantasio!
In all den Jahren, die wir zusammen reisen, hatten wir dieses Gefühl noch bei jeder Reporta...?!
DIE REPORTAGE! DIE REPORTAGE FÜR DAS FLITZER-JOURNAL!!!
DAS CAR-BALL-FINALE! Das ist es! Und in einer Stunde pfeifen sie das Spiel an!
Das schaffen wir noch! Schnell! Die hintere Tür...
BAF
AUA!
SORRY!
POFF!
BINK
HOLLA!
'TSCHULDIGUNG!
AUTSCH!
Halt, das geht nicht! Das ist verbo...
Steward!
YSLAIR
Pardon!
BAFF
Sorry!
BOUF
Entschu...
BING
Ups!
TAXI!
SCHNELL, WIR SIND VON DER PRESSE! WIR MÜSSEN INS GRAND-NATIONAL-STADION ZUM CAR-BALL-FINALE!
Oh, Mann, das ist am anderen Ende der Stadt!

... Bitte! Macht 200 Dollar!
... Ohne Trinkgeld!
Schnell, die Karten! Da ist die Kasse!
STADION
CAR BALL RED DRAGOONS
SOLD OUT
Nix geht mehr! Alles voll!
Eine Katastrophe...
Mensch, Mann, irgendwas geht immer! Wir sind Reporter... Wir müssen Fotos schießen...
Sorry!
Äh... Es soll Ihr Schaden nicht sein... Sie verstehen...
Wenn das so ist...
Kommt mit, Boys! Es gibt noch zwei Plätze, von denen ihr den besten Blick habt ... Aber das muss unter uns bleiben!
?!!
BUNK
Soll ich dir was sagen, Spirou...
BAFF
BONG
... Ich glaube, der Typ hat uns ganz schön veräppelt!
Halt den Mund und schieß deine Fotos!
BOANK
ENDE
TOME + JANRY
FARBEN: STAIF.

ABENTEUER IN NEW YORK

Die Schöpfer von »Abenteuer in New York«

Tome (alias Philippe Vandervelde, geb. 1957) und Janry (alias Jean-Richard Geurts, geb. 1957) legten 1982 mit »Das geheimnisvolle Virus« ihr erstes großes »Spirou und Fantasio«-Abenteuer vor. Das Kreativteam führte die Serie in den folgenden 16 Jahren durch einen gelungenen Spagat zwischen Tradition und Modernisierung zu neuen Höhen. Und auch nach ihrem Abschied blieben sie dem Pagen treu: Bis heute gestalten sie die Eskapaden des »Kleinen Spirou«.

SPIROU MACHT SICH BREIT

Im Zuge der von Mai bis Juli 1987 im belgischen »Spirou«-Magazin zum ersten Mal veröffentlichten Story »Abenteuer in New York« vollzog sich für »Spirou und Fantasio« eine grundlegende Neuerung. Die Veröffentlichungsgeschwindigkeit der traditionsreichen Titelserie wurde der aller anderen Fortsetzungscomics des Magazins angepasst: Woche für Woche erlebte der ehemalige Page nun drei bis vier Seiten seines neuesten Abenteuers, anstatt sich wie bisher mit einer Seite pro Ausgabe begnügen zu müssen. Nicht nur die Leser konnten sich darüber freuen, sondern auch Tome & Janry, die so der Notwendigkeit entbunden waren, jede Seite mit einem »Cliffhanger« zu beenden, der neugierig auf die nächste Folge macht.

1

»Pöh, siehst du hier irgendwo Wolkenkratzer, Fantasio?«

1

Da bahnt sich was an…

NEW YORK, NEW YORK

Bedingt durch den geänderten Erscheinungsrhythmus mussten Tome & Janry nun einen großen Teil der Geschichte fertigstellen, bevor mit dem Abdruck begonnen wurde. Dieser Vorlauf in der Produktion brachte es mit sich, dass zwischen dem Ende des vorhergehenden Abenteuers und dem Auftakt von Spirous und Fantasios Ausflug nach New York ein ganzes Jahr verging. In dieser Zeit starteten Tome & Janry nicht nur gemeinsam mit dem Zeichner Luc Warnant ihre neue Serie »Soda«, sondern sie nutzten ihrerseits die Gelegenheit für eine Reise in die USA, um Dokumentationsmaterial für »Spirou« und »Soda« zu sammeln.

2

2

Ein Bild wie aus dem Krimi-Reiseführer: Tomes & Janrys China Town.

1 Journal de Spirou, Tome & Janry, © Dupuis, 1987; 2 Spirou à New York, Tome & Janry, © Dupuis, 1987

EIN ECHTER KRIMI

Während Tome & Janry sich bis zu diesem Zeitpunkt in erster Linie darum bemüht hatten, das Erbe des »Spirou und Fantasio«-Altmeisters André Franquin angemessen fortzuführen und sich in dem von ihm geschaffenen Universum einzurichten, verlieh ihre Reise nach New York dem neuen Abenteuer einen besonders realistischen Charakter. Zwar bleiben die Figuren natürlich humoristisch überzeichnet und die Handlung ist mit vielen absurden Slapstick-Elementen durchsetzt, aber all das findet vor einer genau recherchierten Kulisse statt.

2

Action pur: Im Film wäre diese Szene echt ins Geld gegangen.

1

In New York gibt's was um die Ohren: Werbung für das neue Abenteuer.

SCHAUPLATZ DES VERBRECHENS

Ursprünglich sollte die Geschichte den Titel »Ave-Maria Mafia« erhalten, doch der damalige Chefredakteur des »Spirou«-Magazins Jean Van Hamme (Autor solch populärer Comics wie »Thorgal« oder »XIII«) machte den Vorschlag, den neuen Realismus der Serie durch einen realen Handlungsort zu unterstreichen: Wie wär's mit dem (Original-) Titel »Spirou in New York«? »Ich musste dabei unwillkürlich an ›Tim in Amerika‹ denken«, erzählte Tome nicht ohne Stolz in einem Interview. Spirou und Fantasio bleibt jedoch kaum Gelegenheit, die Sehenswürdigkeiten der amerikanischen Metropole zu bewundern, denn der offene Krieg zwischen Vito Cortizone und den chinesischen Triaden erfordert ihre ganze Aufmerksamkeit. Beinahe vergessen die beiden Reporter darüber sogar ihren eigentlichen Auftrag...

2

2

2

Survival-Training im »Big Apple«.

1 Journal de Spirou, Tome & Janry, © Dupuis, 1987; 2 Spirou à New York, Tome & Janry, © Dupuis, 1987; 3 Journal de Spirou, Tome & Janry, © Dupuis, 1992

MACHIAVELICO!

Der in diesem Abenteuer erstmals in Erscheinung tretende Don Vito Cortizone – seines Zeichens vom Pech verfolgtes Oberhaupt der New Yorker Mafia – erinnert wohl nicht von Ungefähr an den aus dem Roman »Der Pate« von Mario Puzo und vor allem aus den Verfilmungen von Francis Ford Coppola bekannten Don Vito Corleone. Dessen Verkörperung war einer der Höhepunkte in der Karriere des Schauspielers Marlon Brando, was Tome & Janry dazu veranlasst haben dürfte, das Aussehen ihres eigenen »Paten« an das des berühmten Mimen anzulehnen.

2

Don Vito Cortizone wird Spirou und Fantasio noch mehr als einmal das zweifelhafte Vergnügen seiner Gegenwart bescheren...

2

Tome & Janry fliegen auf ihr Schnüffelschwein.

KLEINER WITZ AM RANDE

Bei allem Realismus lassen es sich Tome & Janry nicht nehmen, ihre Dekors durch eine Vielzahl visueller Gags aufzulockern. Einen zweiten Blick lohnen beispielsweise die Heckflossen der Flugzeuge auf dem New Yorker Flughafen. Hier rufen die Autoren das von ihnen erfundene Schnüffelschwein aus den Episoden »Die Ruck-Zuck-Zeitmaschine« und »Die Rückkehr des Z« noch einmal in Erinnerung. Zudem huldigen sie in der gleichen Szene ihrem Zeichnerkollegen Bernard Hislaire, der damals gerade unter dem Pseudonym Yslaire den ersten Band seiner viel beachteten Serie »Sambre« vorgelegt hatte.

SPIROU EROBERT AMERIKA

1992, pünktlich zur 500-Jahrfeier der Entdeckung Amerikas, schickte sich Spirou an, mit der Zeichentrick-Adaption seiner Abenteuer das US-amerikanische Fernsehen zu erobern. Das »Spirou«-Magazin legte den Verhandlungsverlauf schonungslos offen:

»Super!«, sagten die amerikanischen Bosse. »We take it!« (Diese Typen lieben knappe Sätze.) »But...« (Was nicht bedeutet, dass sie keinen Sinn für feine Nuancen hätten.) »You must change the hero!« (Mit einem Satz: Noch mal von vorn!)

Ein amerikanischer Held muss her?! Tome & Janry ließen sich nicht zweimal bitten... Zumindest zum Spaß.

3